Han penjat una estrella i fan teatre.

Han penjat una estrella i fan teatre.
Han penjat una estrella i fan teatre.
Han penjat una estrella i fan teatre.
Han penjat una estrella i fan teatre.
Han penjat una estrella i fan teatre.
Han penjat una estrella i fan teatre.

una truita

el cistell

una estrella

tres

el cargol

un pollastre

una ________________ , un ________________ , una ________________ ,

Què fan? ____________________

Qui són? __________________ i ____________________

El drap tapa el drac.

El drap tapa el drac.

El drap tapa el drac.

El drap tapa el drac.

El drap tapa el drac.

El drap tapa el drac.

El drap tapa el drac.

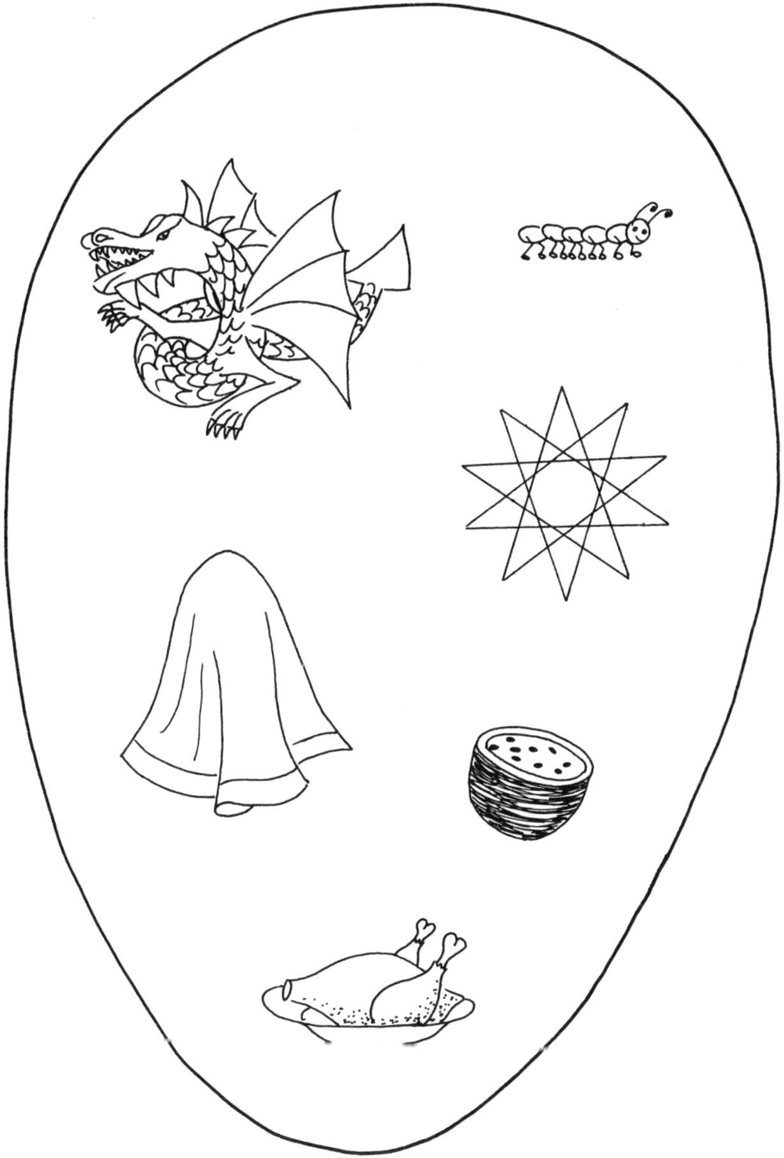

una estrella

una síndria

un pollastre

un drac

un cuc

un drap

dr

Maria, cocodril, dreta, davant, drap,

darrera, síndria, ordre, avi, Teresa.

Fes el dibuix d'una disfressa. Escriu el seu nom.

L'àvia fa crema i hi posa sucre.

L'àvia fa crema i hi posa sucre.

L'àvia fa crema i hi posa sucre.

L'àvia fa crema i hi posa sucre.

L'àvia fa crema i hi posa sucre.

L'àvia fa crema i hi posa sucre.

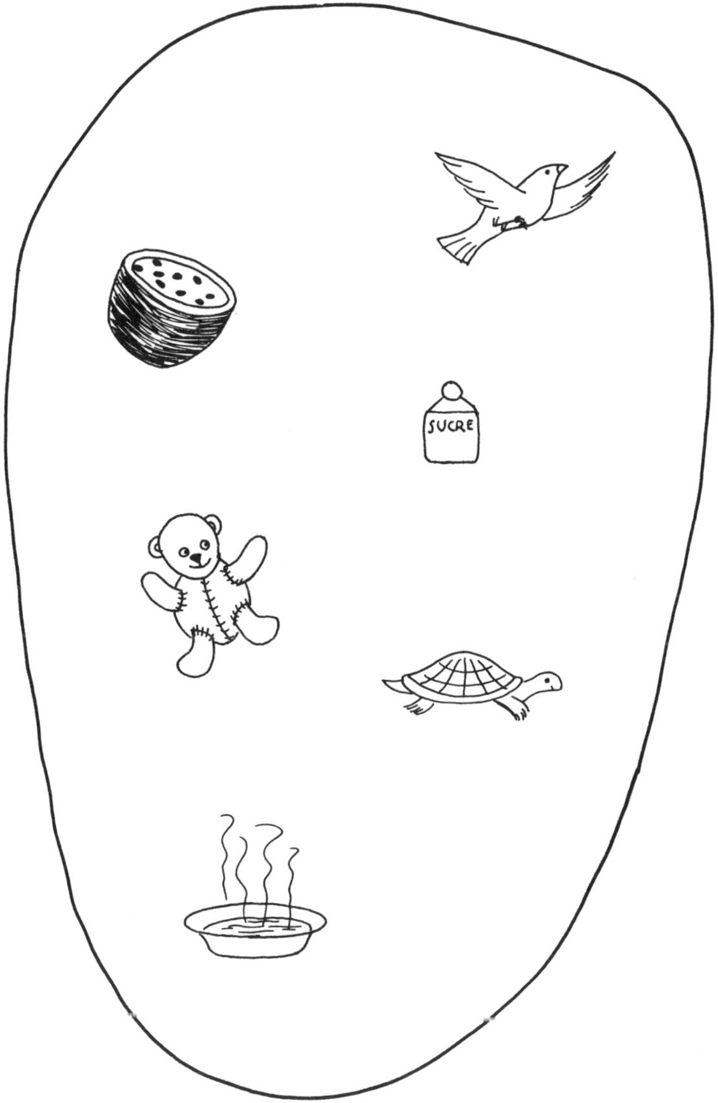

el sucre

la síndria

l'ós

la crema

el colom

la tortuga

Què fa l'àvia? __________

Què hi posa? __________

Què diu l'Antoni? __________________

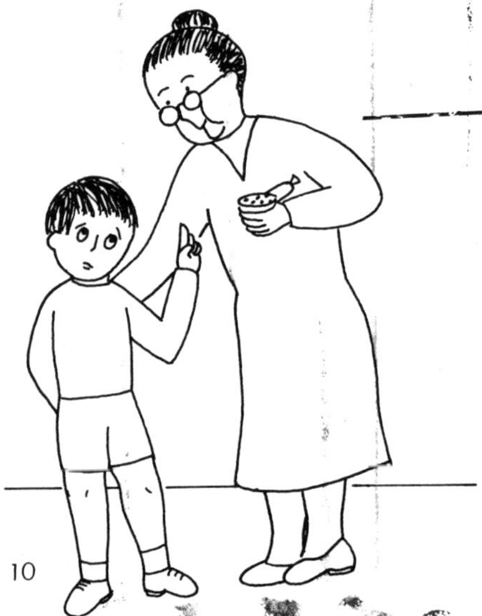

Què li dóna l'àvia? ______ i ________

Com és la botifarra? __________

Agafen la bicicleta i van a ca l'oncle.

Agafen la bicicleta i van a ca l'oncle

Agafen la bicicleta i van a ca l'oncle.

Agafen la bicicleta i van a ca l'oncle.

Agafen la bicicleta i van a ca l'oncle.

Agafen la bicicleta i van a ca l'oncle.

un drac

un clavell

una bicicleta

una síndria

un clau

un clot

un ________ , un ________ , una ______________ , un __________

En Joan clava un __________

La Teresa fa un __________

Una granota grossa, verda i groga.

Una granota grossa, verda i groga.

Una granota grossa, verda i groga.

Una granota grossa, verda i groga.

Una granota grossa, verda i groga.

Una granota grossa, verda i groga.

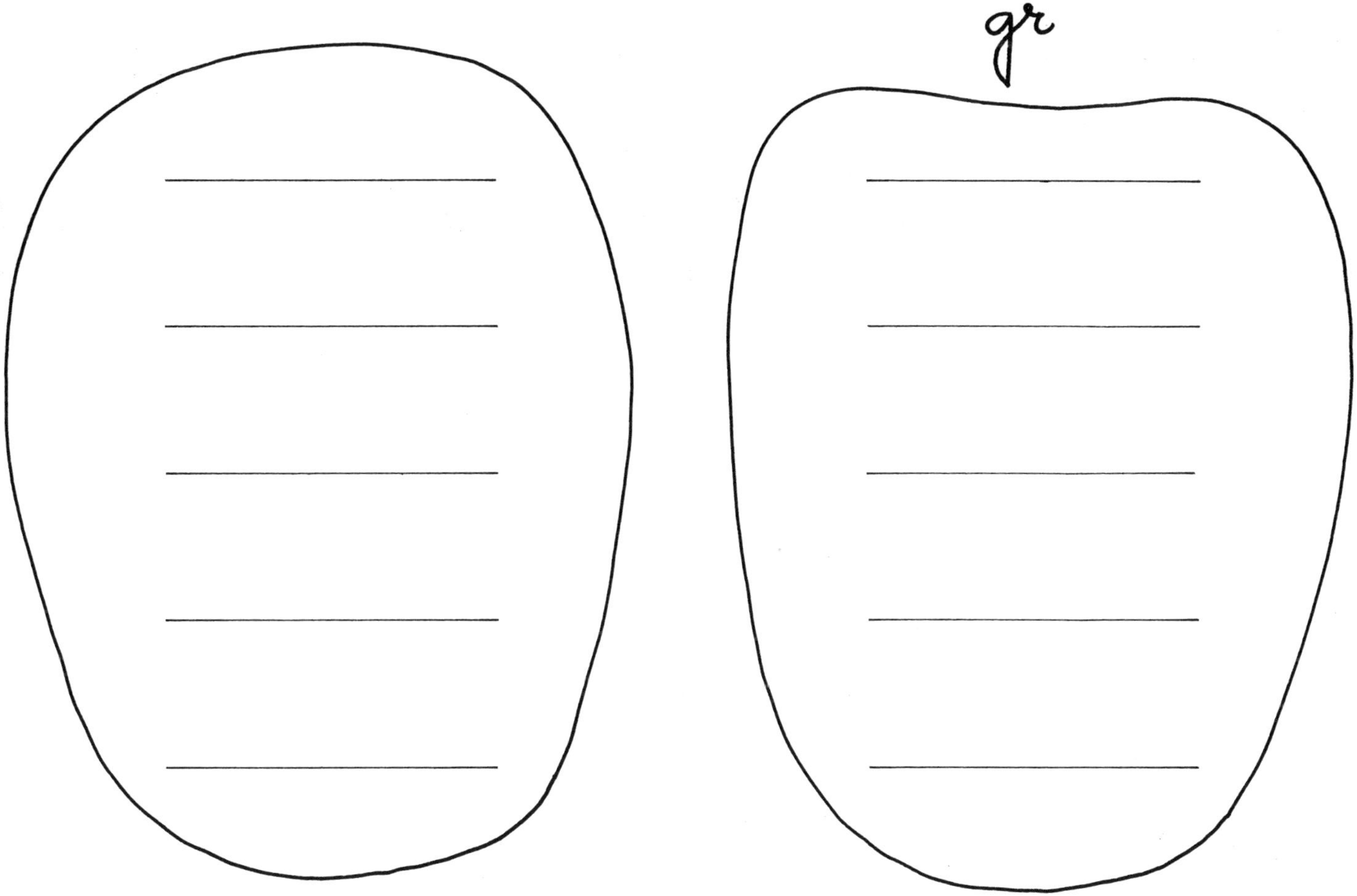

granota, verda, roja, llàgrima, coll,

bufanda, grip, llit, granja, groga.

Dibuixa l'animal o els animals que t'agradaria tenir a casa. Escriu el seu nom.

La Maria infla el globus. L'Antoni té el singlot.

La Maria infla el globus. L'Antoni té el singlot.

La Maria infla el globus. L'Antoni té el singlot.

La Maria infla el globus. L'Antoni té el singlot.

La Maria infla el globus. L'Antoni té el singlot.

el globus

el conill

el regle

el clau

l'ungla

la granota

La Maria infla el ________

L'Antoni té el ________

La granota fa ________

El gat vol clavar-li l'________

Dóna'm patates fregides i fruita.

Dóna'm patates fregides i fruita.

Dóna'm patates fregides i fruita.

Dóna'm patates fregides i fruita.

Dóna'm patates fregides i fruita.

Dóna'm patates fregides i fruita.

Dóna'm patates fregides i fruita.

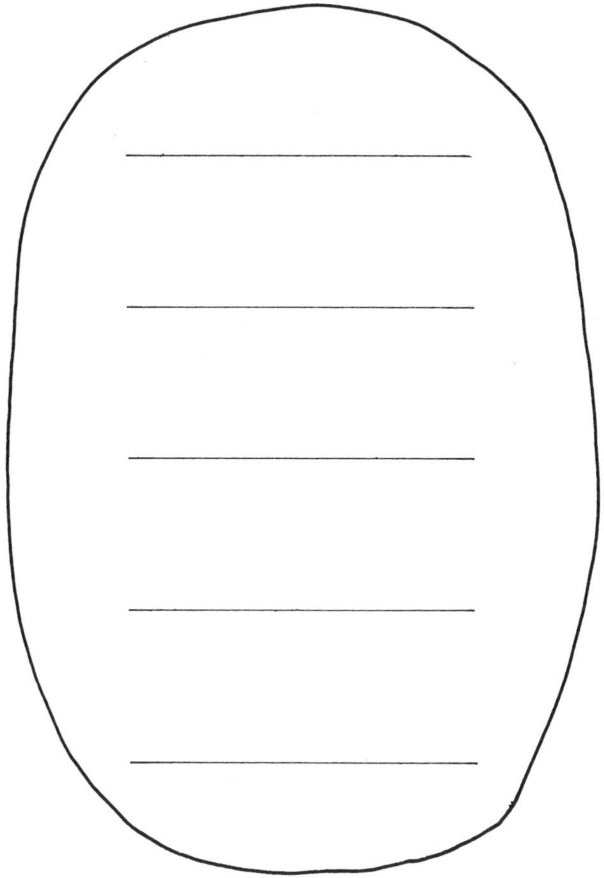

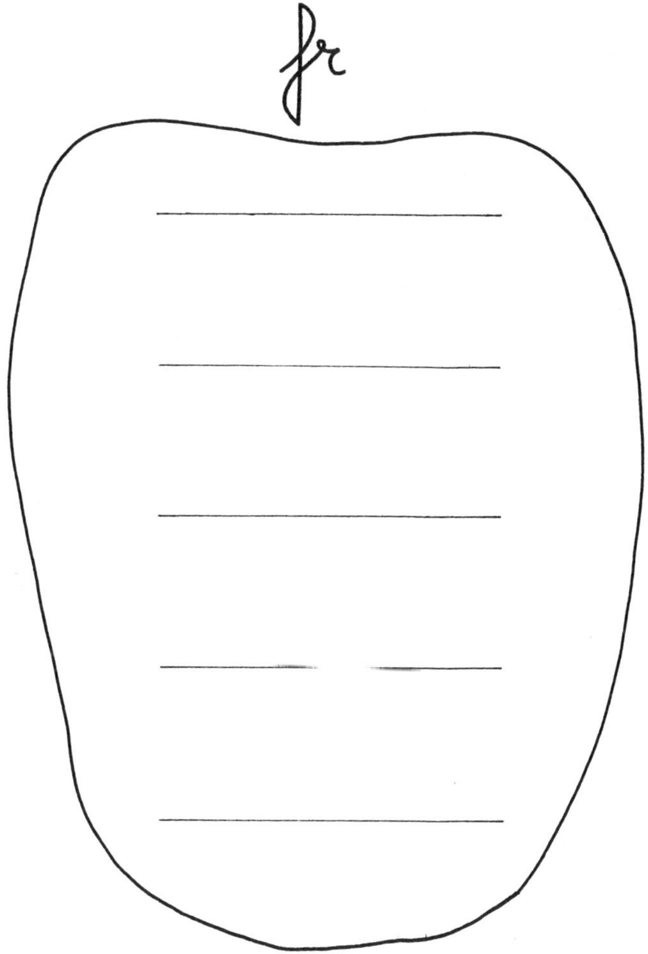

mare, refredat, patates, fregides, freda,

fruita, francesa, truita, panxa, postres.

Fes el dibuix de les coses que t'agradaria menjar. Escriu el seu nom.

Tira una fletxa i toca el Flip.

Tira una fletxa i toca el Flip.

Tira una fletxa i toca el Flip.

Tira una fletxa i toca el Flip.

Tira una fletxa i toca el Flip.

Tira una fletxa i toca el Flip.

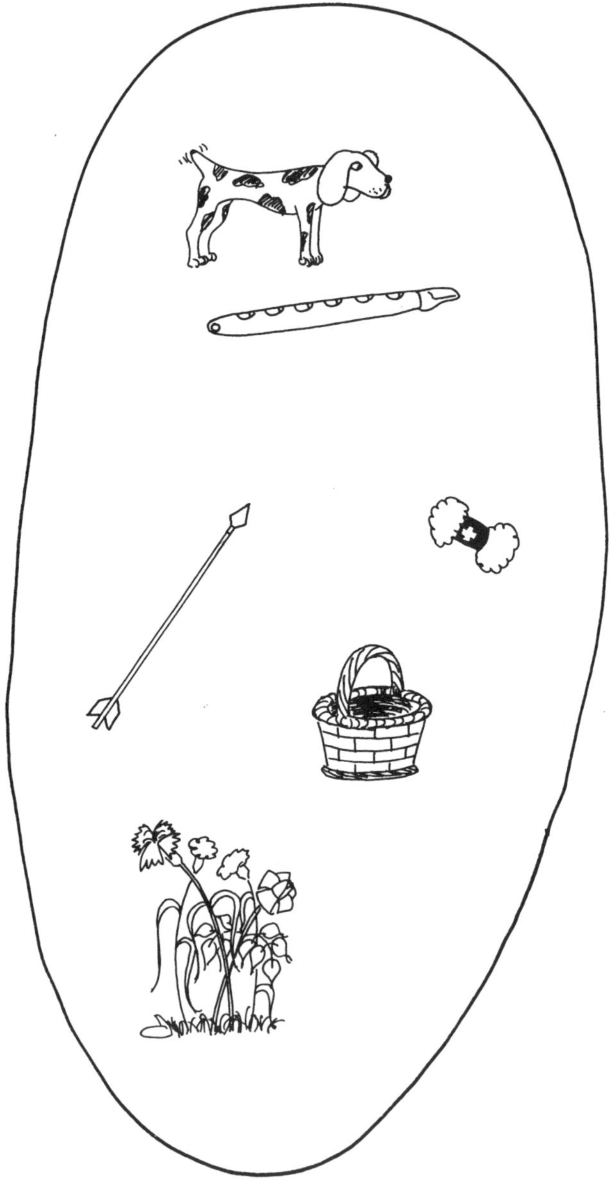

el Flip

cotó fluix

les floretes

la flauta

el cistell

la fletxa

En Joan toca la ______

La Teresa cull ______

L'Antoni tira una ______

La fletxa toca el ______

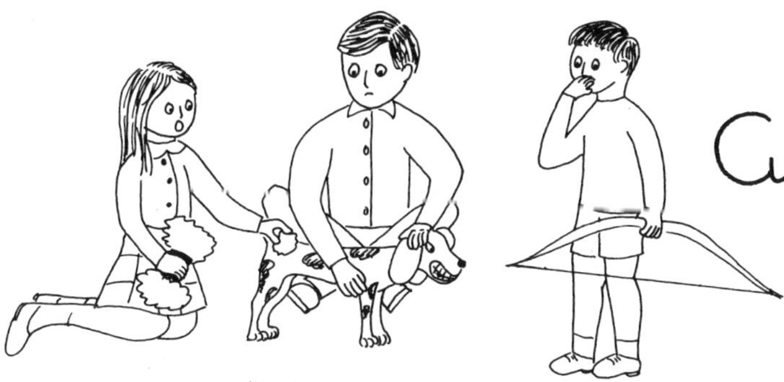

Curen el Flip amb ______ ______

Una bruixa porta una brusa i un abric.

Una bruixa porta una brusa i un abric.

Una bruixa porta una brusa i un abric.

Una bruixa porta una brusa i un abric.

Una bruixa porta una brusa i un abric.

Una bruixa porta una brusa i un abric.

un llibre

una escombra

un clau

una bruixa

una granota

una brusa

Dibuixa el conte d'una bruixa i escriu-hi els noms que vulguis.

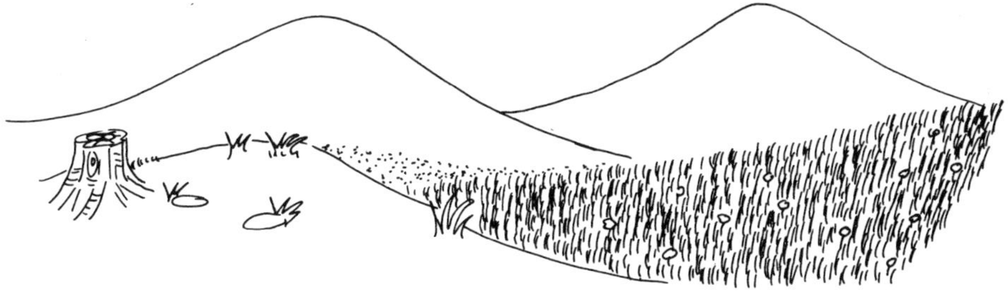

Les espigues de blat semblen les ones de la mar.

Les espigues de blat semblen les ones de la mar.

Les espigues de blat semblen les ones de la mar.

Les espigues de blat semblen les ones de la mar.

Les espigues de blat semblen les ones de la mar.

Les espigues de blat semblen les ones de la mar.

les floretes

la brusa

el blat

l'impermeable

la bruixa

l'abric

bl

blat, camp, sembla, núvol, escombra,

blau, llibre, flauta, doble, blanc

________ , ________ , ________ , ________ ,

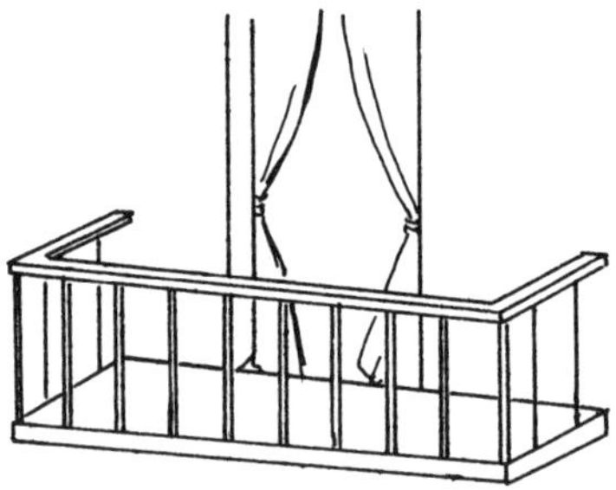

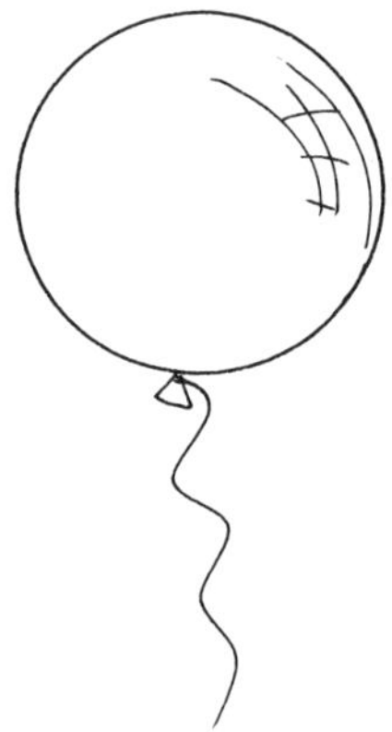

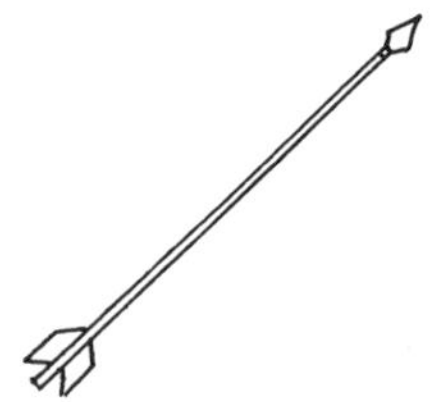

________ , ________ , ________ , ________